藍小說 ⑨③⑨

村上春樹作品集

如果我們的語言是威士忌

村上春樹著　村上陽子攝影

賴明珠譯

如果我們的語言是威士忌

攝影　村上陽子
地圖製作　白砂照義

類似前言

Nº1

不管任何旅行，或多或少，都有類似中心主題般的東西。例如我到四國時，橫下心每天拚命吃烏龍麵，打算撐死都沒關係。到新潟時，從大白天開始就充分品嘗如雕刻般紋理鮮明的清酒。到北海道時，是爲了盡可能多看羊群。橫跨美國旅行時，吃了無數的薄餅（想試一次看看，會不會吃到膩）。到義大利托斯卡納和加州納帕谷酒鄉時，把可能改變人生觀的大量葡萄酒送進胃袋。到德國和中國時，不知道爲什麼老是去逛動物園。

這次的蘇格蘭和愛爾蘭之旅，主題是威士忌。我們打算先到蘇格蘭的艾雷島去，充分享受那名聞天下的單一麥芽威士忌（single malt），然後到愛爾蘭，一面到許多鄉鎮繞一繞，一面品嘗愛爾蘭的威士忌。很多人（當然全體都是愛喝酒的朋友）讚美那眞是太妙的主意了。

老實說，本來我們想夫婦倆大概花個兩星期，悠閒地享受一下私密的愛爾蘭之旅的。不過因爲有人找我寫有關威士忌的文章，正好是我們想去的地方，於是想那麼就來做一次以威士忌爲主題的旅行吧。漫無目的到處閒逛的旅行當然也很愉快，不過以經驗來說，旅行還是要有某種目的，多半會比較順利。於是我請人私下代爲介紹當地蒸餾所的人，跟他們見面談談，讓我們參觀釀造威士忌的流程。旅行途中和當地人見面，跟他們談話也不錯，我不管到哪裡，向來都最喜歡參觀工廠。

這趟旅行非常愉快，一切都進行順利。對我來說很稀奇，是一次幾乎沒有遇到困難的旅行。只有兩個問題。雖然已經六月了，卻還非常冷，帶去的衣服實在不夠禦寒（大家都說天氣異常），還有，兩星期的天數，實在不夠。眞希望能有更長的時間，可以繞更多地方，繼續一直喝黑啤酒和威士忌。這是我和妻子的共同意見。不過，一切事情都有所謂適可而止的時候。

於是回到日本之後，一面看著妻子所拍的照片，我一面寫下這兩篇文章。這些隨筆與照片在雜誌上發表之後，心想有一天也許可以納入遊記的一部分，就那麼收起來放著。可是經過一段時間之後，漸漸覺得這好像和其他旅行有關的記述不太搭調的樣子。因爲主題太明顯了。如果和其他文章放在一起的話，可能會只有這部分特別浮出來也不一定。

因爲這樣，由於兩篇加起來都不很長，所以決定把文章的部分加以整理，稍微補強一些，再加上照片一起登出，試著作成單獨一冊「有威士忌氣味的小旅行書」。我希望能將旅途中所嘗到各種富有個性的威士忌風味，感覺有後勁餘韻的東西，和在那裡認識的一些「摻有威士忌味道」的人令人印象深刻的姿態，原原本本轉移成適當的文章形式。我努力這樣嘗試。雖然只是一本薄薄的小書，不過如果讀過之後（就算酒精類的東西你一滴也不能喝），能湧起「啊，對呀，好想一個人到某個遠方去，喝喝看那片土地的美味威士忌」的念頭，筆者將會非常高興。

如果我們的語言是威士忌，當然，就不必這麼辛苦了。我只要默默伸出酒杯，你只要接過去安靜地送進喉嚨裡去，只要這樣應該就成了。非常簡單，非常親密，非常正確。但是很遺憾，我們的語言終究還是語言，我們住在只有語言的世界。我們只能把一切事物，轉換成某種清醒的東西來述說，只能活在那限定性中。不過也有例外，在僅有的幸福瞬間，我們的語言眞的可以變成威士忌。而且我們——至少我是說我——總是夢想著那樣的瞬間而活著。夢想著如果我們的語言是威士忌，那該多好。

艾雷島
格拉斯哥
北愛爾蘭
英格蘭
愛爾蘭
都柏林
伯明罕
倫敦

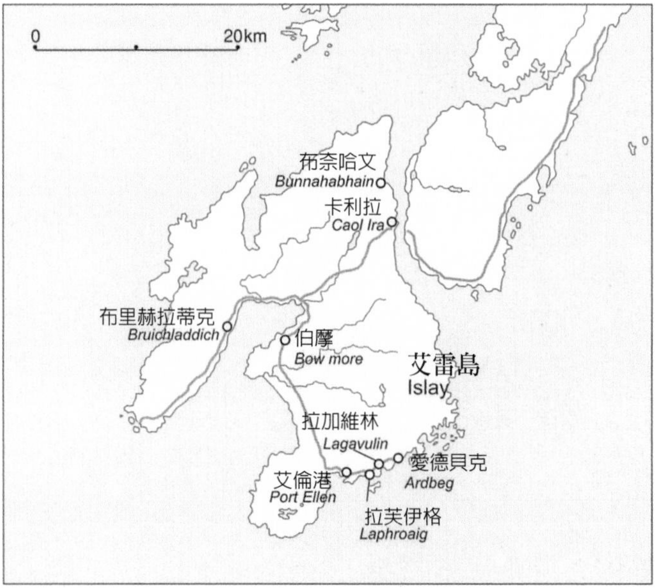
0
20km
布奈哈文
Bunnahabhain
卡利拉
Caol Ira
布里赫拉蒂克
Bruichladdich
伯摩
Bow more
艾雷島
Islay
拉加維林
Lagavulin
愛德貝克
Ardbeg
艾倫港
Port Ellen
拉芙伊格
Laphroaig

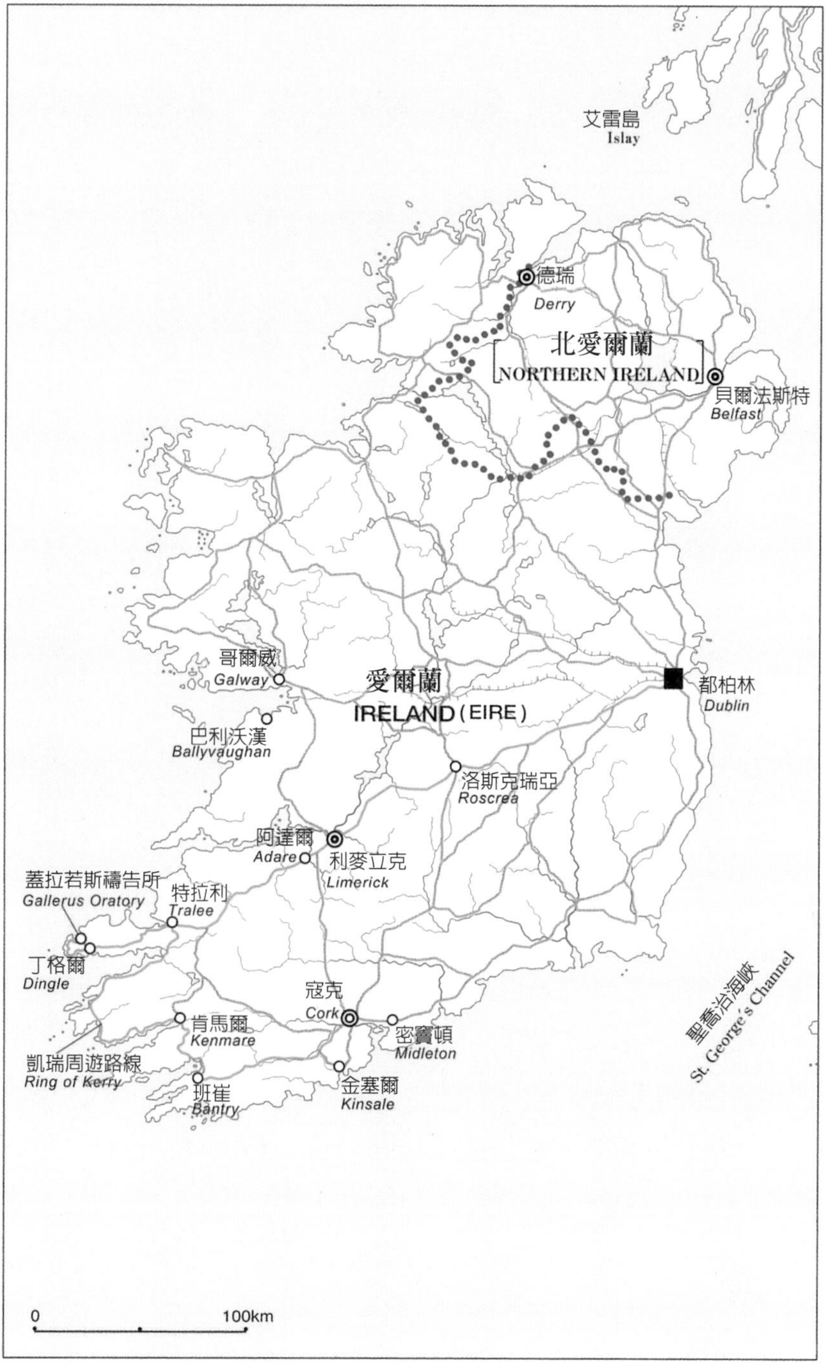

艾雷島
Islay
德瑞
Derry
北愛爾蘭
[NORTHERN IRELAND]
貝爾法斯特
Belfast
哥爾威
Galway
愛爾蘭
IRELAND (EIRE)
都柏林
Dublin
巴利沃漢
Ballyvaughan
洛斯克瑞亞
Roscrea
阿達爾
Adare
利麥立克
Limerick
蓋拉若斯禱告所
Gallerus Oratory
特拉利
Tralee
丁格爾
Dingle
寇克
Cork
肯馬爾
Kenmare
密竇頓
Midleton
凱瑞周遊路線
Ring of Kerry
班崔
Bantry
金塞爾
Kinsale
聖喬治海峽
St. George's Channel
0
100km

蘇格蘭

艾雷島。單一麥芽威士忌的聖地巡禮

試著翻開地圖看看，蘇格蘭的西海岸，與東海岸擁有光溜溜海岸線的不親切感恰成對比，散佈著各式各樣形狀很有魅力的島嶼。簡直就像住在天上的某位神仙大筆一揮，把滴滴墨色慷慨地灑滿海面似的。艾雷島也是其中的一滴。

並不是多大的島——不如說，是相當小的島。就在愛爾蘭島北側鄰近，名字拼成ISLAY，發音「艾雷」。島的西側什麼也沒有，海浪沖洗著島的岸邊，汪洋遼闊的大西洋對岸，就是美國了。當地人一臉正經地說「晴朗的日子可以從山頂上看見紐約喲」，不過這當然是假的。登臨島上最高的山頂，極目眺望所能看到的只有荒涼的大海和水平線和天空而已，其他什麼都看不見，只有急忙往某個地方飛去的，不理人的灰色烏雲而已。

到艾雷島來的觀光客人數，不是很多。島上沒有一處可以稱爲「觀光名勝」的地方，因爲除了夏天幸福的幾個月之外（任何東西都有幸福的例外），氣候再怎麼客氣讚美都難以稱得上有魅力。冬天裡總之經常下雨。由於有從墨西哥千里迢迢而來的海流，因此不太會下雪，但海風卻很強勁，總之很冷。海發瘋似地激起驚濤駭浪。從格拉斯哥機場出發的雙螺旋槳飛機，像馬克白陰暗的心情那樣搖搖晃晃。

不過雖然如此，在那樣氣候惡劣的季節裡，還是有不少特地踏上這偏僻小島的人。他們獨自一個人來到島上，租一間小木屋，住個幾星期，在不被任何人打攪的情況下，安靜讀書。暖爐裡燃著香氣四溢的泥煤（peat），小聲播放著維瓦第的錄音帶。桌上放著上等威士忌和一個玻璃杯，把電話線拔掉。有時追逐文字累了之後，就把書闔上放在膝上，抬起頭來，側耳傾聽黑暗的窗外海浪和風雨的聲音。換句話說，坦然接受這惡劣季節並自得其樂地享受著。這或許是英國式的人生享受法吧。

傍晚走進餐廳，看到角落的桌邊，有一個五十多歲像是旅行者的男人，一面眺望著海一面安靜用餐。「這個人是全國有名的電視評論家。到這裡來只爲了一個人獨自放鬆地發呆。所以我們絕對不會去跟他說話。」本地人悄悄地在我耳邊說明。

順便提一下，島上的餐飲相當行。雖然餐廳家數不是很多，不過進入任何一家，都可以嘗到本島捕獲的新鮮美味的海產，新鮮美味的肉類。

還有喜歡賞鳥的愛鳥人，也從全國各地來到這個島上。一到

蘇格蘭艾雷島，海岸邊的牧草地

冬天就有大量的野鴨從加拿大飛來，在島上安頓棲息，等待春天來臨。此外還有各種類別的鳥，也在島上豐富的自然環境中築巢，悠閒地安家落戶，哺育小鳥。真正的賞鳥人，就像熱心追求磨練、修行的宗教家那樣，往往有一種傾向，喜歡把惡劣的季節，嚴酷的天候，想成是考驗自己意志強度的好機會。所以這島上的旅館[1]在淡季，還是可以吸引爲數不少的客人。不只是鳥，島上還有許多海豹，有長著氣派分叉鹿角的大鹿，不少人就是爲了觀賞這些動物的私生活而來的。

但一般說來，艾雷島的名字廣爲世人所知，並不是因爲那隱遁式的風土，也不是因爲這裡生息的鳥獸數目與種類之多。艾雷島，主要還是因爲這裡蒸餾出來的威士忌的美味而名聞天下。就像古巴因雪茄聞名，底特律因汽車聞名，安那漢（Anaheim）因迪士尼樂園而聞名一樣。

1 島上的旅館加上小木屋，共有十四間住宿設施。我們住在一家小木屋，吃晚餐。菜單上有香草起司鱒魚、蘑菇湯、鮪魚沙拉、麵包布丁。相當樸素而美味。餐廳的酒吧備有大約四百種之多的單一麥芽威士忌。對於喜歡單一麥芽威士忌的人真是太帥了。簡直就是天堂。

Islay and whisky come almost as smoothly off the tongue as Scotch and water. 有關的書上這樣寫著。翻譯出來，就是「說到『艾雷島和威士忌』，幾乎就像說到『蘇格蘭威士忌和水』那樣，流暢結合順口而出。」

就這樣。另外別本書上也提到「對於喜歡艾雷威士忌的狂熱迷來說，一提到『艾雷的單一麥芽威士忌』，簡直激動得如獲教祖神諭一般」。

老實說，我之所以會千里迢迢地來到這蘇格蘭偏遠末端的小島上，也是爲了想品嘗品嘗那著名的單一麥芽威士忌。說得誇張一點，也許應該可以稱爲聖地巡禮吧。

爲什麼蘇格蘭眾多海島中，這小小的艾雷島會成爲單一麥芽威士忌的「聖地」呢？關於島上僅有少數人口[2]，卻能形成產值佔大英帝國歲入相當大比例的狀況，並沒有一定的說法。不過最

2 這附近的島幾乎都一樣，艾雷島也為人口過於稀少而煩惱。年輕人都到本島去謀職就業。想要上好一點的學校也只能到格拉斯哥去。人口一直在持續減少。過去曾經達到一萬人，現在已經減少到三千八百人。

大的原因，可能是因爲這個島離愛爾蘭最近吧。

最初生產出威士忌的其實就是愛爾蘭人。現在愛爾蘭威士忌雖然已經隱藏在蘇格蘭威士忌背後成爲少數的存在，但在過去（一九二〇年代以前）說到威士忌其實是愛爾蘭的特產品。威士忌的生產技術逐漸從愛爾蘭傳入蘇格蘭是十五世紀的事。在這歷程裡，赫布里底群島中，位於離愛爾蘭最近的艾雷島，首先導入這技術也難怪。此外艾雷島擁有一切生產優良威士忌的豐富原料。大麥、美味的水，和泥煤。

要生產大量的穀類需要面積更大的土地，因此艾雷島不可能成爲生產威士忌的中心地。艾雷島只專門生產所謂「單一麥芽」威士忌，這主要適用於賣給本土「蘇格蘭」威士忌生產者，以供調配各種品牌的調和威士忌（！），這種生產系統[3]已經長久延續下來。就像所謂約翰走路（Johnnie Walker）、順風（Cutty Sark）、

3 我想你可能知道，所謂蘇格蘭威士忌，是由發芽的大麥種子釀造的「單一麥芽」威士忌。加上其他穀物蒸餾出來的「穀酒」，調和製成的稱為調和威士忌（blended whisky）。艾雷島所生產的幾乎都是單一麥芽威士忌。

白馬（White Horse）等著名品牌，全都是用它調配混合而成的名牌威士忌。在數千種調和威士忌中，據說沒有加入艾雷島單一麥芽威士忌的可能屈指可數呢。

因此，艾雷的單一麥芽名稱不太有機會出現在商品包裝的表面。就像日本的地方土酒一樣，只有當地人和少數愛好者悄悄愛喝著而已。不過最近，單一麥芽威士忌忽然在全世界急速受到喜愛，於是艾雷島的名聲也就開始逐漸廣泛被世人知道了。

擁有清晰分明的個性，因香味的不同可以分辨出特定產地，也是單一麥芽威士忌的美妙特徵之一。蘇格蘭威士忌就沒有這種特色。在單一麥芽威士忌的世界裡，就像葡萄酒一樣，儼然存在著這種所謂的個性（可以想像，那也是形成高深品味的溫床）。所以蘇格蘭威士忌可以加冰塊，但單一麥芽威士忌卻不可以加冰。就像紅葡萄酒不冰涼一樣的道理，因爲這樣一來珍貴的香氣就會

PRIOMH SHRAID
MAIN STREET
John A. Bell

伯摩的郵局

消失掉。艾雷的單一麥芽威士忌，總之有很多根深柢固的愛飲迷。雖然有癖性，但那癖性名副其實正因爲是癖性，所以一旦愛上就再也離不開了。

我因爲好奇，所以每每遇到島上的居民就會試著提出這樣的問題。您是不是每天都喝單一麥芽威士忌？Yes（當然）。不太喝啤酒嗎？Yes（當然哪）。也不喝普通的調和威士忌——也就是蘇格蘭威士忌嗎？

我這樣問時，對方臉色就有點驚訝。好像自己未婚妹妹的容貌和人格被人家繞圈子打聽故意挑剔似的臉色。回答道「當然不喝啊」。

「美味的艾雷單一麥芽威士忌就在眼前，爲什麼還非要特地去喝什麼調和威士忌不可呢？那簡直就像天使下凡來正要彈奏美好音樂時，還去看什麼電視重播的老節目一樣嘛。」

這不叫做神諭，叫做什麼？

艾雷島上總共有七家蒸餾所。我在當地的小酒吧櫃檯，同時試飲比較過這七種單一麥芽威士忌。酒杯一列排開，從左邊順序往右邊一一試著喝下去看看。那正是非常舒服晴朗的六月的某一天，下午一點。

也許不用說，這是一次幸福的體驗。一生中眞的難得遇上幾次。

在這裡所試飲到的艾雷威士忌，如果以味道中「有癖性」爲順序一一排列出來的話，大約是這樣：

伯摩蒸餾所的蒸餾壺

這次旅行所品嘗到的艾雷威士忌

①愛德貝克 Ardbeg（20年　1979年蒸餾）
②拉加維林 Lagavulin（16年）
③拉芙伊格 Laphroaig（15年）
④卡利拉 Caolila（15年）
⑤伯摩 Bowmore（15年）
⑥布里赫拉蒂克 Bruichladdich（10年）
⑦布奈哈文 Bunnahabhain（12年）

最前面的有土臭味，很粗獷，然後逐漸緩和，香味也漸漸變得溫和一點。到了伯摩正好在中間，獲得適度的均衡，可以說達到「分水嶺」。不過不管味道怎麼變淡變柔，其中依然保留有類似「艾雷氣味」的刻印。

最野的「愛德貝克」眞是富有個性而魅力十足，不過每天光喝這個的話，可能也會覺得累吧。舉例來說，就像不想聽靈魂脈絡一一鮮明浮現的葛倫・顧爾德彈的《郭德堡變奏曲》，而想聽纖細指尖滑過黯淡光線縫隙所到達的彼得・塞爾金的《郭德堡變奏曲》那樣寧靜安詳的良宵，一個人靜靜的，會想喝飄著淡淡花束香氣的布奈哈文。

就這樣，在這小島上，最先叫我吃驚的是，居然「分居」著幾家各具個性的蒸餾所。當然從理論上來說，酒桶的選擇，每條河川的水質，泥煤的使用方式和分量，在酒窖熟成的方法和時間長短上，都會使味道的特徵產生很大的差異，不過我覺得超越這些具體因素之上的是，每種酒似乎也都分別擁有各自的生活方式，有各自的哲學。每家酒廠並不是懷著「嗯，大概這樣就行了」似的安逸想法。不是大家一列排開整整齊齊的，而是各自選擇自己賴以生存的不同立場，始終死守著的。每家蒸餾所

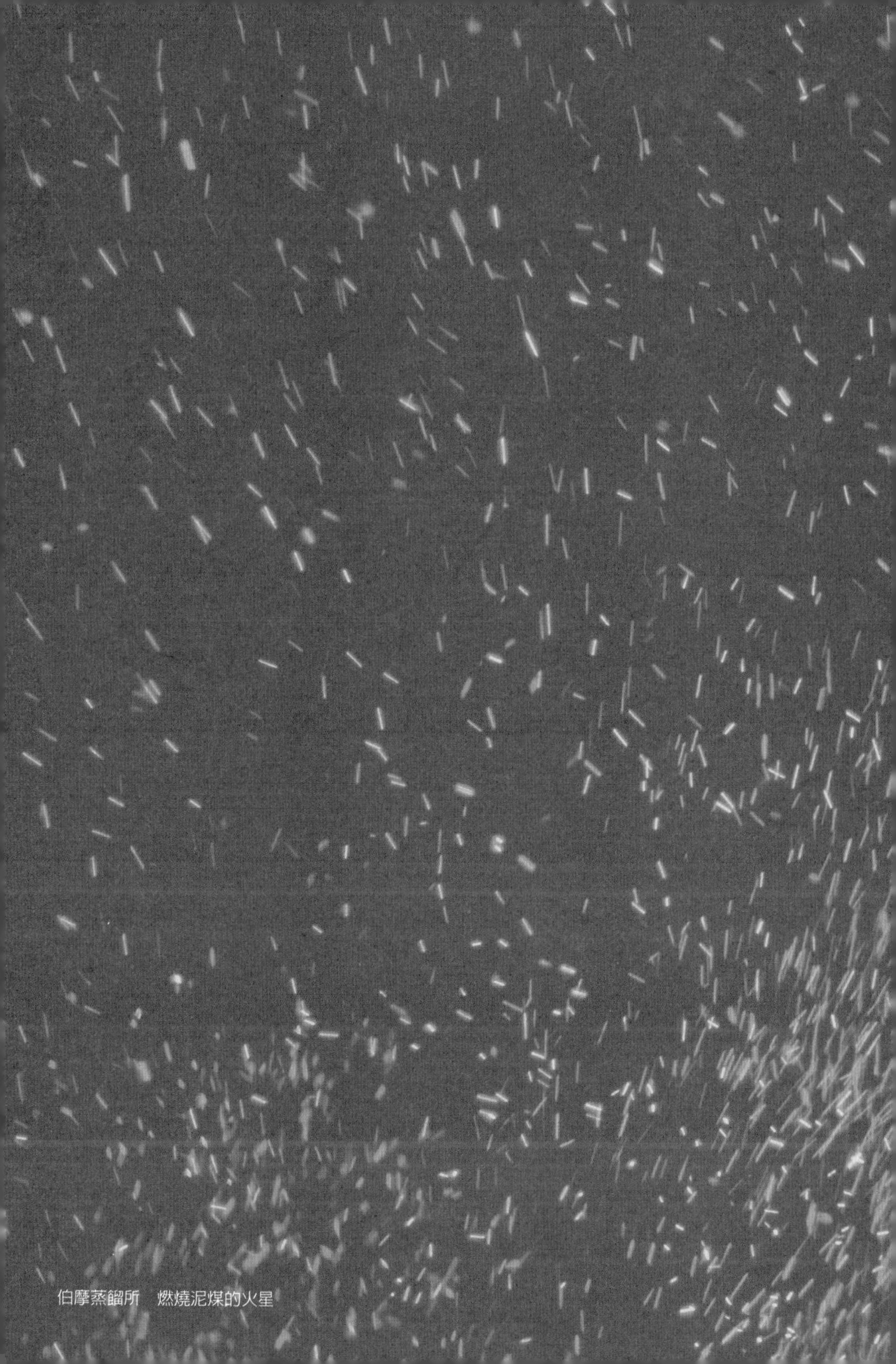

伯摩蒸餾所　燃燒泥煤的火星

（distillary），都各有不同的蒸餾祕方。所謂祕方就是生產方式。類似採取什麼、捨棄什麼的價值基準般的東西。什麼都不捨棄的話，也就什麼也得不到了。

「大家就算閉著眼睛喝，還是一口就可以正確猜中那是什麼威士忌對嗎？」——雖然明知這樣問很粗魯，不過爲了愼重起見——我還是試著問了。

「那當然。」吉姆・麥克伊文（Jim McEwan）面無表情地回答。「那當然。」

吉姆是帶我們參觀伯摩蒸餾所的經理。生於艾雷島。從曾祖父那一輩開始就在這家蒸餾所工作。這家蒸餾所正是他的人生，他的宇宙。風格面貌有點像亞伯・芬尼（Albert Finney）。一頭亂蓬蓬的粗硬頭髮，藍眼珠。經常面帶微笑，溫和體貼，眞是親切的好漢，不過一談到威士忌話題時，眼神就會瞬間認眞起來。

吉姆進入這家蒸餾所，最初做的是製造酒桶的工作。每天總之都在製造酒桶。伯摩的發酵槽現在還在使用奧勒岡美國松木製酒桶，看起來就很巨大。年輕時候吉姆就在幫忙製作這個。「這眞是辛苦的作業噢。」他說。這發酵槽歷經數十年，都沒有出過問題繼續在發揮作用。當然吉姆把這發酵槽當作自己家人般珍惜地處理著。

「對我們來說，酒桶是非常重要的東西。」吉姆說。「酒桶在艾雷是呼吸著的。倉庫在海邊，所以雨季時酒桶就一直吸進海風。到了乾季（六、七、八月）時，反過來威士忌就從內部一直往外推回去。這樣反覆之間，就產生了艾雷獨特的自然香氣。而那香氣溫柔地撫慰人們的心。」

他的製桶師父一天總要好好的喝上兩杯威士忌。既不多喝，也不少喝。然後活到九十八歲。吉姆說，「我每次去儲藏威士忌熟成的酒窖時，就算現在，到了夜晚，還聽得到他的腳步聲。不會聽錯，就是他那有特徵的腳步聲。他過世之後，還會來巡視酒桶的情況噢。」

吉姆首先在這伯摩蒸餾所當製桶學徒，工作了六年，然後正式升任酒桶師傅，後來到格拉斯哥去，當調配師傅。調和三十種以上的麥芽和穀物威士忌。這專門知識是最高機密，不可以向任何人洩漏。調配師不可以喝太多酒。因爲會把嗅覺搞壞。然後他才再回到伯摩來。

「我喜歡釀造威士忌，是因爲本質上那是很浪漫的工作。」吉姆說。「我現在這樣釀造的威士忌眞正出現在市場上時，或許我已經不在這個世上了也不一定。但那卻是我所釀造的酒。你不覺

我和吉姆・麥克伊文在郊外玩滾球

得這樣很美妙嗎？」

不過所謂「艾雷土味」到底是什麼樣的味道呢？或許你（還沒有喝過艾雷酒的你）會這樣問我也不一定。可是這特性要用語言說明卻不簡單。還是要請你自己實際喝看看才行。不，在喝之前要先用鼻子在玻璃杯上聞一聞，希望你先聞聞那香氣。獨特的，稍微有一點癖性的香氣。有點海磯的腥味、海潮的氣味——感覺上也許接近這種味道。跟普通威士忌的香味相當不同。那「土腥味」正是成爲艾雷威士忌的基調。以巴洛克音樂來說就是通奏低音（thorough bass）。在這之上，再把各式各樣樂器的音色和旋律蓋上去。

然後終於要進入關鍵試飲了。

喝一口之後，你或許會驚訝「這到底是什麼？」可是第二口時，你也許會想「嗯，雖然有點怪，不過還不錯。」如果是這樣的話，你——這樣斷言的機率很高——喝第三口時，一定會成為艾雷單一麥芽威士忌的迷了。我就是經歷這樣的順序過來的。

所謂「磯臭味」，絕對不是沒有根據的表現法。這個島上海風很強。好像宿命或什麼似地經常吹著風。所以滿滿含有海藻氣味的強烈海風，幾乎把島上所有一切東西，都印上鮮明的痕跡了。人們稱呼這為「海藻香」。你如果去到艾雷島，並在那裡住上一陣子的話，自然可以知道那氣味是什麼樣的東西。知道那氣味之後，就可以親自體會並理解，為什麼艾雷的威士忌會有那樣的氣味了。

海風帶來的潮騷充分滲入泥煤中，地下水（因為常下雨，所以水量充沛）也滲進泥煤所擁有的獨特氣味。綠色牧草，每天繼續吸進海風。牛羊吃那草長大，因此肉類也自然添加了大自然的豐富鹽味——本地人這樣主張[4]。

4 這島上的牛羊，也喜歡吃海藻。這是我親眼目睹的，所以不會錯。牛羊在退潮的海邊勤快地吃著海藻。真是有點不可思議的光景。

BOWMORE

來到這島上的人，如果有機會的話一定要試著嚐一嚐他們的生牡蠣。六月雖然不是牡蠣季節，不過這裡的牡蠣還是非常美味。和其他地方吃到的牡蠣，味道相當不同。沒有生腥味，小小的，有海潮味道。滑溜溜的，不過不是用水泡脹的5。

「這牡蠣再澆上單一麥芽威士忌吃，會非常美味。」吉姆這樣教我。「這是我們島上的獨特吃法。吃過一次，你就會永遠忘不了。」

我試著這樣做做看。在餐廳裡點了一盤生牡蠣和雙份的單一麥芽威士忌，把殼中的牡蠣咕嘟咕嘟澆上酒，就那樣送進口中。嗯，哇，眞是美味到不行。牡蠣的潮騷味，和艾雷威士忌那個性獨特的、海霧般的煙燻味，在口中濃濃融合爲一。說不上是哪邊靠向哪邊，哪邊接受哪邊，對，簡直就像傳說中的崔斯坦與伊索德那樣。然後，我把殼中剩下的汁和威士忌混合的液體，一口喝

5 這一帶的牡蠣，味道純而帶鹹味（salty），吉姆說。然後嘻笑地補充一句「就像蘇格蘭人的脾氣一樣」。

下。就像儀式一樣，重複六次。眞是至高的幸福。

人生竟然就這麼單純，如此美好而光輝。

艾雷是個美麗的海島。街道上的房子很雅致，每家牆壁都漆上非常鮮明的色彩。一定是一有空閒就重新刷上油漆的[6]。我漫無目的地走過街頭，光是慢慢散步，就覺得自己的心情逐漸鎮定下來。雪白的海鷗，停在屋頂上，或煙囪頂上，一直靜靜地眺望著遠方。盯著看省思與無意識之間所拉出的一直線。偶爾像忽然想起來似地飛起來，翩翩搭上強風翱翔在空中。

路上幾乎沒有人影。偶爾擦身而過時，人們總是微微笑著打招呼。不管是小孩，或老人。眞是個小村莊。走在街上，依風向不同，不時會有一股發酵的麥芽煮熟時的那種獨特氣味，從釀造坊那邊飄來。我因爲是在大阪神戶一帶長大的，所以會忽然想起「灘」那一帶釀酒坊飄來的那種酒香氣味。

6 對釀造威士忌酒的人來說，一年之中六月到九月幾乎沒什麼事情可做。很閒。到了夏天，河水溫度上升，不適合釀造威士忌，而且這個時期如果用水過度的話，河川水量減少，鮭魚會無法溯溪迴游而上。所以蒸餾所也呈現開門但休業的狀態。這時候，人們就重新粉刷家裡的牆壁。因此島上房子的油漆經常都是新漆的，島民這樣告訴我。真是好事情。可是到了九月，據說師傅們就會高高興興地回到工作場所去。「啊，這下子總算不用再油漆了。」這樣說。

教會後面的墓地，排列著因海難去世、身分不明的人古老的墓碑。沒有姓名，只刻著事故發生的日期而已。這一帶暗礁很多，海流迅速，天候又嚴苛，航行經常伴隨著危險。對於不熟練的船員不用說，就算熟悉水性的本地船員也一樣……。再加上歷經第一次、第二次世界大戰，多次激烈的戰役，就在本島附近的海域進行。德國潛水艇的魚雷，炸裂了運輸艦隊。幾天後，許多屍體便隨海浪漂到艾雷島的岸邊來。這些陰鬱的海難化成傳說，繼續在島上代代相傳。你在街上的酒吧，或許就會聽到那樣的故事。到島上的小紀念館去時，也可以看到一艘艘沉沒在沿岸的船隻照片。雖然是豐饒美麗的海島，但其中依然染上寧靜哀愁般的色彩，就像海藻氣味一樣，無論如何都牢牢沾染著。旅行時我總會覺得不可思議，世界上有多少數目的海島，就有多少島的悲哀。

「我們在葬禮時也喝威士忌。」當地人說。「在墓地下葬完畢之後，大家就分發杯子，倒滿一杯本地威士忌。大家一口氣喝乾。以便從墓地回家的寒冷路上，可以溫暖身體。喝完之後，大家把杯子在石頭上敲碎。威士忌酒瓶也敲破。什麼都不留。這是規矩。」

小孩生下來時，人們以威士忌舉杯慶賀。人死的時候，人們也以威士忌默默乾杯。這就是艾雷島。

在艾雷島他們帶我參觀了伯摩和拉芙伊格的蒸餾所。同樣在小島上，這兩家蒸餾所的樣式卻不同到令人驚訝的程度7。伯摩採取非常「古老而豐富的」釀造法。可以說是頑固吧，不管時代如何變遷，釀造法也絕不改變。進行人工的「鏟翻」，從鋪在地上

7 島上各個蒸餾所之間，不用說，還是有競爭意識的。因為他們都各自擁有自信釀著自己的酒，這也是理所當然的。但同時他們也有夥伴意識，連帶感很強，富有互助精神。如果哪個蒸餾所遇到困難時，大家不管手頭有什麼事情，都會暫時丟下，立刻趕過去伸出援手。這是島上的道義，也是規矩。

自然發芽，到移進古老的木製酒桶發酵槽，絕不使用推高機，全靠人手輕輕地溫柔地轉動酒桶移到熟成酒窖去。工作的人大多上了年紀。他們生於艾雷，長於艾雷，可能也將終老於艾雷。他們懷著自豪和喜悅在這裡工作。從他們的臉龐就可以看出來。一心一意「聽著酒桶聲音」的老伯們，手上的木槌已經磨損三分之一了。工作人員總數將近八十人。我不知道這種傳統式（而且相當沒有效率的）系統，現實上是否能夠維持下去。不過只要還維持著，那美好的安靜，大概還會存在那裡吧。能擾亂那安靜的或許只有衝擊海岸的浪濤聲，和老伯偶爾用木槌敲打酒桶的聲音。

實際喝喝看時，伯摩的威士忌還是可以感覺得到人手的溫暖。並沒有「我就是我」似的直接而越分的誇耀。能以一句話斷言「這個就是這樣」似的標語要素很稀薄。相反的，卻有像在火爐前面，展開古老而懷念的信來閱讀時，那種安靜的優雅，隱藏著念舊的情懷。這種酒與其在熱鬧的地方喝，不如在自己熟悉的家裡，用慣用的玻璃杯，一個人安穩地喝。這樣會更喝出生動的味道來。就像聽舒伯特的長篇室內樂時那樣，閉上眼睛放慢呼吸細細品嘗，味道的底韻才能更深入一層又一層。眞的。

比起伯摩蒸餾所的古典方式，拉芙伊格8的做法就現代化多了。雖然也做傳統的地面發芽，不過接下來的工程幾乎全都使用電腦控制，發酵槽也是閃閃發亮不鏽鋼製的（這無論管理或修理都比較容易），酒窖管理也比較機械化和效率化。在這裡不太看得到——至少表面上看來——所謂釀酒的浪漫情趣。工作人員只有二十一人。比起伯摩，眞是非常有效率。正在工作的人多半穿著白衣，臉上戴著口罩，幾乎看不到後面的表情。這麼說來，伯摩就沒有人戴口罩。在這裡製造出來的單一麥芽90％都賣出去做調和威士忌用，剩下的10％才留下來以自家公司品牌出售。

8 有相當長一段時間，拉芙伊格是艾雷島上唯一把單一麥芽裝瓶出售的艾雷威士忌。現在在機場免稅店也是最暢銷的單一麥芽威士忌，因此而聞名。

伯摩蒸餾所，「鏟翻」的名師們

我跟拉芙伊格蒸餾所的經理，伊安．韓德森談過。他是一位頭髮開始稀薄、出身良好家庭的人。容貌好像英國電影裡的配角般，一副性格演員的長相。他雖然不是在艾雷島出生的，不過也和吉姆一樣一路走過威士忌的人生。從八年前就開始在這家拉芙伊格工作。剛開始有點害羞而事務性，不過一談起威士忌之後，（和吉姆正相反），臉上表情就漸漸緩和下來。就像法拉利的車主，一談起那有癖性的六速排檔時那樣。「您說90％賣出去做調和威士忌不是很可惜嗎？話是沒錯。當然是單一麥芽威士忌比較美味。我也只喝單一麥芽。」

「我們的蒸餾程序會積極引進電腦，是因爲那樣管理起來會比較正確。我們的目標，終究還是希望配合時代釀造出美味的威士忌。也就是經常在研究摸索新方法。老實說在本世紀中，接下這家釀造所，把業績擴大的，是一位女性經營者。女性站在前頭指揮釀酒，在蘇格蘭威士忌歷史上也是稀有的例子。不過她在這拉芙伊格蒸餾所，大膽引進新方法，結果成功了。這種進取精神，說起來就是我們的傳統。重要的不是形式，而是味道。」雖然口氣很冷靜，不過他也是個相當頑固的人。說到蘇格蘭人，每個人都各有某方面頑固的地方。有時我眞想拿起敲酒桶用的木槌來敲敲他們的腦袋，看到底會發出什麼樣的聲音。

他說，「在說明之前，還是先喝看看吧。因爲我們想要做的事情，喝了就知道。」

確實拉芙伊格有拉芙伊格獨家特別的味道。10年的酒有10年酒的頑固味道，15年的酒有15年酒的頑固味道。個別都很有個性，沒有奉承諂媚的地方。以文章來說，就像看海明威初期的作品那樣，有深深刻痕的文體。不是華麗的文體，也沒有使用困難的語言，但眞實的某一個面向卻確實地切取出來。沒有模仿任何人，

伯摩蒸餾所的「鏟翻」作業

可以清楚看出創作者的面貌。以音樂來說，前者就像強尼・葛瑞芬時期瑟隆尼斯・孟克的四重奏那樣。15年酒，則或許接近有約翰・柯川加入的瑟隆尼斯・孟克的四重奏。都個別有美好可取的地方。只是憑當時心情的不同而做不同偏愛的選擇。

「沒辦法說哪一種比較好。都好喝。個別口味的性格都palpable（可以清楚地感覺得出來）。」我老實說。

這時候伊安才開始露出微笑。並且點頭。「是啊。光在腦袋裡東想西想的沒有用。不必多寫說明。跟價格也沒關係。很多人以為年份越多的單一麥芽威士忌會越好喝。其實不然。有些東西可以靠歲月獲得，有些東西卻會隨歲月而消失。有隨evaporation（蒸發）增加的東西，也有隨著減少的東西。只不過是個性不同而已[9]」。

談話到這裡結束。那在某種意義上是哲學，某種意義上是神論。

9 從拉芙伊格帶回來的說明書上這樣寫著。「（前略）一切製造程序結束，然後就只有等待了。威士忌一面承受著從大西洋吹來冷冷的新鮮海風，一面在橡木桶中，要花十年熟成。能稱得上大哥級的『15年份的』則還要多花五年。無論如何都是漫長的歲月。不過確實有等待的價值。」

最後還有一點，伯摩蒸餾所的吉姆・麥克伊文先生口中所提到艾雷島的哲學（神諭）。

「大家都對艾雷威士忌獨特的味道作各種詳細的分析。大麥的品質如何如何，水的味道如何如何，泥煤的氣味如何如何……。確實這島上有上等品質的大麥。水質很好。泥煤也豐饒潤澤，氣味很好。沒錯。不過光這樣，還無法說明這威士忌的味道噢。無法明白解釋那魅力何在。最重要的啊，村上先生，最後我們要提的，還是人。是住在這裡，在這裡生活的我們，釀造出這威士忌味道的。是人的個性和生活方式創造出這香味來的。這是最重要的事情。所以，請您回到日本後這樣寫。說我們在這小島上釀造著非常美味的酒噢。」

因此，我就照這樣寫了。像是有通靈能力的女巫一樣。

拉芙伊格蒸餾所

愛爾蘭

在洛斯克瑞亞的酒吧，
那位老人
是如何喝
特拉莫爾·杜的？

以極端一點的方式來說的話，我從愛爾蘭回來之後，才確實感覺到「啊，愛爾蘭眞是個美麗的國度」。當然實際在那裡的時候，頭腦也能理解「眞是美麗的地方」，不過那美眞正一點一點滲入體內深深感受到，反而是在離開那裡之後。

從都柏林搭飛機越過海洋，在倫敦蓋特威克（Gatwick）機場降落，從開往倫敦的高速公路上眺望樹林的綠意，怎麼顯得有點淡薄，有點像蒙上灰塵似的（如果是從東京直接過來的話，可能會覺得那田園的綠意已經夠深的了）。不禁想要揉一揉眼睛。於是

我們才回想起「啊，愛爾蘭的綠色眞是多麼新鮮，多麼遼闊，多麼深濃啊」，不禁這樣讚嘆起來。

愛爾蘭的風土，整體說來，有一點害羞的地方。那並不像——例如埃及的金字塔、希臘的神殿、尼加拉大瀑布——那樣直接要求我們感動、驚嘆，甚至沉思。雖然到任何地方風景都很美，不過不可思議的卻是很難成爲風景明信片。愛爾蘭所呈現給我們的美，與其說是感動或驚嘆，不如說更接近癒傷或鎭靜之類的。世間有一種人，要開口雖然得花一點時間，不過一旦開始說起話來之後，卻能以安穩的口氣說出非常有趣的事情（這種人並不太多），愛爾蘭卻正像這種人。

在愛爾蘭旅行時，這種安穩的愛爾蘭式日子，一天又一天沉默寡言地在我們眼前逐漸累積下去。置身在這個國度時，在自己都不自覺的情況下，說話的語氣和走路的步調都會逐漸放慢下來。眺望天空、眺望海洋的時間會逐漸拉長。不過我們深深體會到這是非常難得的日子，卻是在稍微經過一段時日之後。

到愛爾蘭最棒的旅行方法，最好還是租車子，以自己的步調慢慢悠閒地在鄉間旅行。盡可能選在淡季去更好。一天行進的距離也盡可能短比較好。最好不要這裡也想去那裡也想去，不要太貪心。有喜歡的地方，就在那裡停下來，最好能有什麼都不做地發呆好幾個小時的奢侈步調。

不必事先就訂好旅館，可以走到哪裡到時候再說，碰到好像不錯的旅館就住下來。這種旅館，很容易找到。附近有感覺美味的餐廳或酒吧，就進去喝啤酒，吃晚餐。餐前或餐後來一杯——兩杯也沒關係——愛爾蘭威士忌。

凱瑞周遊路線

丁格爾半島的蓋拉若斯禱告所 (Gallarus Oratory)

You need cube?（要不要加冰塊？）人家這樣問。

No thanks. With just water, please.（不用，只要對水就行了。）

這樣回答。

主人臉上露出「嗯嗯」似的微微一笑9。用大玻璃杯倒了滿滿的雙份愛爾蘭威士忌出來（差不多有三份吧）。旁邊附上裝在小水瓶裡的水。當然是自來水（tap water）。並沒有礦泉水之類的粗俗東西。因爲自來水才鮮活，比礦泉水美味多了。

本地人大體上以威士忌對一半水的比例對淡喝（這在蘇格蘭的艾雷島也一樣）。以愛爾蘭爲舞台的約翰·福特的電影《蓬門今始爲君開》（The Quiet Man）10中，人家請巴利·費滋傑羅（Barry Fitzgerald）喝威士忌，問他「要不要加水？」他回答「我想喝水的時候只喝水，想喝威士忌的時候只喝威士忌。」有這樣相當迷人的場面，不過實際上這種人應該算是少數派，大部分人都加少

9 好的威士忌加冰塊喝，就好像把剛烤好的熱派放進冷凍庫去一樣，本地人堅持這樣認為。所以在艾雷島和蘇格蘭，到酒店去的話最好不要點冰塊。這樣被視為「屬於文明人那邊」的可能性比較高。

量的水來喝。「這樣威士忌的味道才會活起來。」他們說。

我大多喝一半純的。大概本性小氣吧，美味的東西居然還用水對淡了喝，覺得實在可惜，於是無論如何還是不對水就那樣喝掉一半。然後隔一陣子才在杯子裡加入水。把杯子整個大大地轉一圈。讓水在威士忌裡慢慢旋轉。清澄透明的水，和美麗的琥珀色液體，因比重不同所帶來的滑潤交融模樣一時之間描繪變幻著，終於融合為一體。這樣的瞬間也很美妙。

我們通常希望大約四點左右能到達目的地，住進旅館。先沖個澡。再閒逛到附近的酒吧。總之有必要先在晚餐前喝一品脫黑啤酒。這段時間，對酒吧來說是最清閒的時候。所以大多空盪盪的。主人正無所事事地看著報紙，或看著電視。如果想獲得本地資訊的話，不妨向他打聽。哪家餐廳的東西最好吃？附近有什麼名勝？之類的。他一定親切地回答你。

10 我如果遇到非常討厭的事情時，經常會放《蓬門今始為君開》的錄影帶來看。所以（當然）看過好幾次這部電影。不管看幾次，都覺得是一部很棒的電影。看著時，我知道自己毛躁的心情就會漸漸鎮定下來。我會想「對呀，不能對這麼一點小事就生氣嘛」。會自言自語地對自己說，好了，現在開始要重新打起精神來活下去才行。在愛爾蘭到哪裡都有像《蓬門今始為君開》那樣美麗悠閒的風景，令人心情相當愉快。

愛爾蘭阿達爾

喝過美味的啤酒，緩口氣後，再到街上輕鬆地散散步，逛逛商店，物色一間不錯的餐廳。肚子也漸漸餓了。這正是旅行時最愉快的時分。傍晚六點半左右，在適當的餐廳坐下來，攤開菜單，好了，開始考慮要吃點什麼。

晚餐平常會點葡萄酒11，不過先從愛爾蘭威士忌開始也不錯，或者留到餐後喝也行。餐後可以來一杯濃醇的愛爾蘭咖啡。這方面的組合還滿難判斷的（不過也不需要傷腦筋去一一遵守規律）。總之一面旅行，一面每天都爲這些微小的事情細細考慮。這個放到那邊，那個拿來這邊。一面考慮不是這樣，也不是那樣。

以我個人——純屬個人——的偏好來說，適合餐前的愛爾蘭威士忌大約有

11 雖然愛爾蘭幾乎不生產葡萄酒，但有大量進口，因此各處餐廳的葡萄酒單都相當充實，大部分人都以葡萄酒佐餐。

12 雖然愛爾蘭有這六種品牌的威士忌，不過現在這些幾乎都在共同的蒸餾所製造。本來是在各個地方獨立的蒸餾所分別蒸餾的，可是被蘇格蘭威士忌急起直追逐漸變窮後，為了重新建立愛爾蘭威士忌的地盤，從經濟效率的觀點採

詹姆森（Jameson）
特拉莫爾・杜（Tullamore Dew）
布希密爾司（Bushmills）

適合餐後的大約有

帕第（Paddy）
鮑爾斯（Powers）
布希密爾・莫特（Bushmills Malt）

這六種品牌12大概說來，前者屬於「清淡」系的，後者屬於「濃烈」系的。不過當然，這全部對調，把「濃烈」系的換到餐前，「清淡」系的換到餐後，也沒有人會抱怨。並沒有什麼特別規定。純粹只是偏好問題。

取合縱連橫的策略，在「愛爾蘭蒸餾所」的名義下統合製造過程。因為獨立的蒸餾所已經無法經營下去了。

當然各種品牌的原料組合不同。蒸餾器以個別不同的順序使用，酒桶材質、熟成方法也各有不同。所以釀成的味道就完全不同。

我們參觀了最大的密竇頓（Midleton）蒸餾所，工廠完全電腦化，看起來生產效率就很高。廣告宣傳也很賣力。因此近年來，愛爾蘭威士忌似乎已急速重獲世界市場的好評。不過這家工廠老實說，看起來不太有趣。感覺不到人味。

The New Delight
VEGETARIAN
CAFE RESTAURANT
CLOSED
ROSCA
ROSCA
CROWLEY'S
FRUIT &

INNESS
M. NELIG
onight 9 pm

我們從柯克機場的 Avis 租了車，是日產 Almera 的車款。車頭的設計有一點不同，不過以大小來說，大概和日本的Sunny差不多。租的時候老實說，有點失望，「怎麼，是Sunny嘛。」（因爲過去租過幾次Sunny），不過實際開起來旅行時，卻比想像中令人愉快振奮。

車子是手排檔的，也許排檔比調整過，放手轉動把手，快速打入下一檔——我已經很習慣這種歐洲式駕駛了。馬力不太大的引擎，以這樣的情況富有節奏感地一面拉桿一面驅動，在深綠色的田間道路上快速奔馳時，深深感到「嗯，自己是這樣活著的啊」。同樣是Sunny的出租汽車，可是和在美國或日本所租的自動排檔車（那只不過是單純的移動手段），氣氛完全不同。

不過我在愛爾蘭開車時最驚訝的是，大家怎麼速度都開那麼快。在勉強可以錯車的狹窄鄉間道路上，當地人，眞的簡直就像

「快跑，梅樂斯。」（譯註：引自太宰治作品《快跑，梅樂斯》，典自羅馬傳說。）一樣咻咻地飛馳而過。雖然我覺得我的速度也相當快了，不過還是一直被後面的來車超過去。而且如果是被BMW或保時捷超過的話還可以理解，偏偏是被「勉強還能跑」似的幾十年前的小車子一一超過。在無法超車的山路上，則一直被人從後面催促著。平常在街上看到的愛爾蘭人，都非常親切，笑嘻嘻的，可是一旦握起方向盤之後，似乎連個性都改變了。

回到酒的話題吧，當然，因爲是在愛爾蘭，所以不僅威士忌，連黑啤酒（stout）也很美味。在愛爾蘭一走進酒吧，每家店所端出的黑啤酒味道都完全不同，眞是令人驚訝。啤酒冰鎭的溫度不同，注入的方式不同，用的杯子不同，泡沫的樣子也不同，這些不同的累積，結果，就沒有一種啤酒的味道是一樣的了。這有時候，就像英格麗褒曼的微笑一樣，輕柔得像奶油般，有時像莫琳奧哈拉（Maureen O'Hara）的嘴唇一樣閉得緊緊的，或者像洛琳白考兒（Lauren Bacall）的眼睛一樣露出無從捉摸的冷酷（雖然也覺得拿女明星來比喻啤酒味道，或許不是很恰當，不過姑且就這樣吧）。

總而言之，其中並沒有所謂「這是對的」，也就是一定的上啤酒的方法。只要那家酒吧的主人認爲「我們家，這樣就對了」，那麼，在那局部地方，那就對了。就這樣，在愛爾蘭世界裡，和平共存著無數酒吧式的正義。在人口這麼少的國度裡，有這麼多酒吧居然都能好好經營下去，我眞佩服，不過因爲都經營得下去，所以很不簡單。一定是大家都很會喝酒。一定是大家都很清楚地分別各有所好吧。

我在愛爾蘭到處旅行，一有機會就走進陌生地方的酒吧去，每次進去，都充分享受各家店裡沒有附帶說明的「日常情況」。就像走進眼前看見的森林裡去，在某棵大樹根幹上坐下來，胸中盡情吸進那裡所有的空氣一樣。不同的森林，有不同森林的氣味。「這地方的酒吧到底有什麼樣的人，到底會端出什麼樣的啤酒來？」這對我來說，是一天結束時的小小樂趣13。

所謂酒吧，是相當有深度的地方。說起來有一種「尤里西斯」式的深度。有比喻性、寓言性、片段性、總合性、逆說性、呼應性、相互參照性、塞爾特性、普遍性的深奧。

住在愛爾蘭中部一個小地方洛斯克瑞亞（Roscrea）時，我走進旅館附近一家酒吧。夜晚九點左右，稍微吃過一點東西之後，覺得有點無聊，於是手裡拿著一本書，想去喝一杯。店裡非常擁擠。我在櫃檯點了布希密爾司，一個人孤單地舉杯喝著時，有一

13 本來想在酒吧盡情聽一聽愛爾蘭的傳統古樂塞爾特（Celtic）音樂的，但幾乎所有地方的酒吧開始演奏時，都快接近午夜了，很遺憾，早睡早起的我沒辦法撐到那個時候。等我長大一點以後（這麼說當然是開玩笑的），真想熬夜聽一次看看。

位七十歲左右的男人也同樣一個人獨自走進店裡來。

他頭髮泛白，穿著整齊的西裝，打著領帶。西裝、襯衫和領帶個別都節度端正，感覺十分清潔，完全沒有一點凌亂的地方。不過靠近一點仔細看時，才知道每一樣質料都浮現隱藏不住的疲憊色調。當然那些過去必定也曾經有過各自散發相當輝煌光彩的日子吧。但那些光輝日子，應該是屬於吉米・卡特就任美國總統以前的時代，關於這點我敢拿出一點小錢跟你打賭，當然假設打賭成立的話。

以年齡來說，可以推測現在應該已經是退休身分了。過去曾經擔任過什麼樣的職位？這要想像並不容易。可以想像大概不是太高的地位。從氣氛可以知道。不過在有限的意義上，其中並不是沒有含帶敬意的影子。或許——曾經擔任過本地小銀行的經理——這樣的工作也不一定。或者是葬儀社的老闆？這樣一想，也

洛斯克瑞亞的街上

覺得不是不可能。體格算是小個子。雖然不瘦，不過也不胖。沒有戴眼鏡。背脊挺得很直。不過爲什麼他會在晚上九點鐘還穿得這麼整齊，來到酒吧裡呢？

他站在我旁邊（我坐在吧檯的高凳上），一隻手搭在櫃檯上，以像在確認風向雞的尾巴位置似的眼光看著酒保。年輕的酒保看來非常忙碌地工作著。沒辦法。他看看旁邊的我，微微笑一笑。我也微微笑一笑。然後，他眼光和酒保對上之後，從口袋裡摸出幾個銅板來排在櫃檯上。發出鉌鏘一聲美好舒服的聲音。可能口袋裡早就預備好正確金額了。

酒保臉上露出好像用尺準確量過似的短暫而簡潔的微笑，拿起大玻璃杯，就著懸空倒掛的酒瓶，接取特拉莫爾・杜，放在紙板杯墊上擺到他面前，也沒仔細數過就一把將零錢收走。在這之間酒保不發一語，男人也什麼都沒說。在這場所這似乎已經像是潮起潮落般反覆過無數次的例行交易了。當然，這純屬推測。除非用心電感應之類特殊 New Age 式通信手段，否則只能以這樣的結論打住。

老人手拿起威士忌，安靜地送進口中。沒有用水對淡。喝過後也沒拿起Chaser（譯註：喝烈酒後所喝的水）來喝。店裡雖然非常熱鬧，但他幾乎毫不在意。不像很多人都做的那樣，一面倚靠著櫃檯一面轉過身，回頭環顧店裡。存在那裡的，只有他，和他杯中的威士忌而已。如果那酒吧裡除了他之外一個客人也沒有的話，恐怕他也一點都不會在意。

看來，他似乎並不是爲了找談話對象，或找認識的朋友而來這酒吧的。倒不如說，連他有沒有認識的朋友在這裡都令人懷疑。不過，只有一點，我確實相信並可以斷言。那就是他是完全放鬆的。在我漫長的人生旅途中，看到這樣放鬆的人眞是機會不多——他就是放鬆到可以這麼說的程度。

大約花了十二分鐘時間（當然我並沒有仔細去計算時間，所以畢竟只是大約而已），他喝著那威士忌。喝一口就想一想什麼，又喝一口又一直靜靜地想一想什麼。他在想什麼呢？我當然不知道。也許在想巴德・鮑歐（Bud Powell）彈奏和絃的左手節奏，特別是晚年不時會有點慢拍的感覺，是刻意的，還是單純技術上的原因所引起的。也許在考察昨夜麥可・泰森（Mike Tyson），在拉斯維加斯的拳擊場上咬下交戰對手耳朵，是和減重所帶來的壓力有關嗎？這我也不清楚。不過不管怎麼樣，他在喝著特拉莫爾・杜時，正在熱心思考著（或正在熱心思考時一面喝著特拉莫爾・杜），我感覺那好像是對形而上的——或反實用性的——事物正在做綿密而實證性的考察似的。有一點這種意味。

我在那之間，則一直翻閱著蘇格蘭作家威廉・馬克伊凡尼

丁格爾街上的酒吧

左至右是貝漢（Brendon Behan）、喬伊斯、王爾德。

丁格爾的酒吧。右頁同。

FOLEYS
GUINNESS EXTRA STOUT
GUINNESS
and Oysters
284ml
ST JAMES'S GATE DUBLIN
Bia agus Dioch

VEGETARIAN
FE RESTAURANT
THE GREEN NO
CLOSED
MUSIC
MOERAN'S PUB

洛斯克瑞亞的酒吧。狗的名字叫做健力士（Guinness）

（William McIlvanney）的小說*The Papers of Tony Veitch*，但因爲一直在注意他，所以讀得沒什麼進展。

不過他的玻璃杯終於乾了。該來的時刻終於來到，就像出海口漲滿的潮水終於退下一樣確實。當他確認已經完全喝乾之後，就像出現在《愛麗絲夢遊仙境》裡的兔子那樣，眼睛瞄一下手錶，再看一次我的臉，微笑一下。我沒辦法也只好微笑一下。他臉上露出滿足的神色。那微笑顯示正好適量的酒，正好在適當時刻喝乾的意思。眞是再好不過了。然後他慢慢把放在櫃檯上的左手收回，穿過人群縫隙，快步走出店外。

他走掉之後的空間裡，一時還留下類似亂了條理的空隙般，該怎麼說呢，就像理論上沒有完全消除的和音，稍微有點收拾不良的殘響般……。不過那也終究像水面的波紋落定，徐徐變小而消失了。

我的玻璃杯也終於乾了。回到旅館房間，摸索著鑽進小床上，沒有特別想什麼就閉上眼睛。腦子裡還留有少許酒吧的喧鬧，穿著落伍時代西裝的老人的微笑，和布希密爾司威士忌的餘味。不過沒多久就睡著了。旅途間舒服的疲勞、愛爾蘭威士忌帶來的適度醉意，把我拉進睡眠的溫暖泥沼之中。醒過來時，周遭已經充滿愛爾蘭的夏季晨光，餐廳已準備好熱熱的咖啡、溫熱的愛爾蘭早餐。於是我又邁向旅行的嶄新一天14。

那位穿著整齊西裝的小個子老人，這時候應該還是一樣在同一家酒吧的櫃檯同樣喝著一杯特拉莫爾・杜，繼續認真考察著什麼事情吧，我確實這樣相信。那光景還鮮明地浮現在我腦子裡。

雖然那實際在眼前的時候，還不覺得是特別不可思議的情景……。

14 愛爾蘭的早餐非常美味，份量總是多得吃不完，因此不用吃中餐正好（代替的是喝一杯健力士黑啤酒）。菜單比方說，有熱熱的麥片粥和杏桃，剛烤好的司空鬆餅和吐司，自家製的香腸和煮蛋包（poached egg），還有咖啡。真是至高無上的幸福。

代替後記

我和艾雷島伯摩蒸餾所的吉姆·麥克伊文結爲好友，在村外的原野一起滾球遊玩，從大白天開始就喝得醉醺醺的，翻過山頂到河口去看海豹（不過很遺憾那天海豹不在）。臨別時，他說「這個送你」，於是送我一瓶伯摩的21年份酒做紀念。那是最高級品。「你可以在二十世紀的最後一夜，爲了紀念二十一世紀的開始，在東京打開這瓶來喝。喝的時候要想起這個島噢。」他說。於是我就這樣打算而放在家裡。藏在櫃子後面免得被人喝掉。味道想必很棒。（註：雖然想在二十世紀最後一夜喝的，卻忘記喝了，現在還留著沒碰。）

不過以經驗來說，酒這東西，不管任何酒，我覺得好像還是在產地喝最美味。越接近釀造的地方越好。葡萄酒當然不用說，日本酒也是這樣。啤酒也一樣。覺得離開產地越遠，那酒所賴以成立的某種因素便會逐漸一點一點地淡化下去似的。我常聽人家說「美酒不旅行」。可能由於運輸和氣候的變化，實際上味道眞的也會改變吧。或者，那酒會由於失去以日常實際感覺被培養起來和被愛飲的環境，裡面的香氣便微妙地，也許在心理上變質掉，也有可能。

我在東京的酒吧喝單一麥芽威士忌。

在我常去的酒吧，排著整排單一麥芽威士忌的古老酒瓶，你可以親手挑選自己喜歡的來喝。這是相當棒的事情。光看到現在已經很難得的有點稀奇的酒瓶商標，心情也會很愉快。不過我一面喝著一面想到的，總是那蘇格蘭小島的風景。對我來說，單一麥芽威士忌的味道，跟那風景很難分開，已經結合在一起了。從海面吹來的強風，一面撫平著綠草，一面爬上和緩的山丘。暖爐裡泥煤發出柔柔的橘紅色光。家家戶戶顏色鮮明的屋頂上，各停著一隻白色的海鷗。正因爲和那樣的風景結合在一起，酒那獨特的香氣才能在我心中、口中一一復活起來。

愛爾蘭威士忌酒也一樣。無論我在什麼地方，只要口中喝到詹姆森或特拉莫爾·杜時，就會想起走進愛爾蘭小鄉村的各家酒吧的事情來。那裡親密的空氣，人們的臉龐，就會在我腦子裡甦醒過來。於是我手中的威士忌便靜靜地開始微笑起來。

旅行眞是一件好事，這時候我會重新有這樣的感覺。旅行會帶給我們只會留在人心裡，因而才更顯得珍貴的東西。當時就算沒留意到，後來卻會知道有多可貴。如果不是這樣，又有誰會想要去旅行呢？

Spirit Merchant
TONER'S
For
BEST
FOOD &
DRINK
There's nothing
like a
GUINNESS

GUINNESS
for strength

An Gobán Saor

本書文章原載於Suntory季刊第55號（一九九七年九月三十日）、第56號（同年十二月十五日）。

藍小說939

如果我們的語言是威士忌

作　者—村上春樹
攝　影—村上陽子
譯　者—賴明珠
主　編—葉美瑤
編　輯—黃嬿羽
企　劃—陳靜宜
校　對—吳萌加、賴明珠、黃嬿羽

董事長—趙政岷
出版者—時報文化出版企業股份有限公司
108019台北市和平西路三段二四〇號三樓
發行專線—（〇二）二三〇六—六八四二
讀者服務專線—〇八〇〇—二三一—七〇五
（〇二）二三〇四—七一〇三
讀者服務傳真—（〇二）二三〇四—六八五八
郵撥—一九三四四七二四時報文化出版公司
信箱—10899台北華江橋郵局第九十九信箱

時報悅讀網—http://www.readingtimes.com.tw
電子郵件信箱—liter@readingtimes.com.tw
法律顧問—理律法律事務所　陳長文律師、李念祖律師
印　刷—華展彩色印刷股份有限公司
初版一刷—二〇〇四年五月二十四日
初版二十三刷—二〇二四年一月二十二日
定　價—新台幣二〇〇元

時報文化出版公司成立於一九七五年，
並於一九九九年股票上櫃公開發行，於二〇〇八年脫離中時集團非屬旺中，
以「尊重智慧與創意的文化事業」為信念。

ISBN 957-13-4114-2
ISBN 978-957-13-4114-9
Printed in Taiwan

如果我們的語言是威士忌 / 村上春樹著；村上陽子攝影；賴明珠譯. -- 初版. -- 臺北市：時報文化, 2004 [民93]
面；　　公分. --（藍小說；939）

ISBN 957-13-4114-2（平裝）
ISBN 978-957-13-4114-9（平裝）

861.6　　93006827